Réserve

Ye   4993

ŒUVRES

DE M. LE COMTE

ALFRED DE VIGNY.

ŒUVRES DE M. LE COMTE ALFRED DE VIGNY.

POÈMES.

TITRES DES POÈMES.

MOISE.
LA FILLE DE JEPHTÉ.
LA FEMME ADULTÈRE.
LE BAIN.
LE SOMNAMBULE.
LA DRYADE.
SYMÉTHA.
LE BAIN D'UNE DAME RO-
MAINE.

LE DÉLUGE.
ELOA.
DOLORIDA.
LA PRISON.
MADAME DE SOUBISE.
LA NEIGE.
LE COR.
LE TRAPISTE.
LA FRÉGATE LA SÉRIEUSE.

ROMAN.

CINQ-MARS,

ou

UNE CONJURATION SOUS LOUIS XIII.

QUATRIÈME ÉDITION.

2 vol. in-8°, et 4 vol. in-12.

SOUS PRESSE :

UN ROMAN NOUVEAU.

PARIS. — IMPRIMERIE DE COSSON,
Rue Saint-Germain-des-Prés, n° 9.

PARIS.

ÉLÉVATION,

PAR M. LE COMTE

ALFRED DE VIGNY,

AUTEUR DE CINQ-MARS, D'ÉLOA, etc.

PARIS,

CHARLES GOSSELIN, LIBRAIRE,

RUE SAINT-GERMAIN-DES-PRÉS, N° 9.

M DCCC XXXI.

CE poëme, sorte de rêve symbolique, est détaché d'un recueil, incomplet encore, intitulé : *Élévations*. Le temps emporte si vite les événemens, les impressions, les pressentimens qu'ils font naître, qu'il peut être bon

de donner sa date à la moindre chose, quoi-
que cette feuille soit du nombre de celles
que le vent emporte, sans qu'on les ait vues
passer.

PARIS.

ÉLÉVATION.

Paris.

ÉLÉVATION XIe.

—PRENDS ma main, Voyageur, et montons sur la tour.—

Regarde tout en bas, et regarde à l'entour.

Regarde jusqu'au bout de l'horizon, regarde

Du nord au sud. Partout où ton œil se hasarde,

Qu'il s'attache avec feu, comme l'œil du serpent

Qui pompe, du regard, ce qu'il suit en rampant.

Tourne sur le donjon qu'un parapet prolonge,

D'où la vue à loisir sur tous les points se plonge

Et règne, du zénith, sur un monde mouvant,

Comme l'éclair, l'oiseau, le nuage et le vent.

Que vois-tu dans la nuit, à nos pieds, dans l'espace,

Et partout où mon doigt tourne, passe et repasse?

« — Je vois un cercle noir, si large et si profond

» Que je n'en aperçois ni le bout ni le fond.

» Des collines, au loin, me semblent sa ceinture,

» Et pourtant je ne vois nulle part la nature,

» Mais partout la main d'homme et l'angle que sa main

» Impose à la matière en tout travail humain.

» Je vois ces angles noirs et luisans qui, dans l'ombre,

» L'un sur l'autre entassés, sans ordre ni sans nombre,

» Coupent des murs blanchis pareils à des tombeaux.

» — Je vois fumer, brûler, éclater des flambeaux,

» Brillans sur cet abîme où l'air pénètre à peine

» Comme des diamans incrustés dans l'ébène.

» — Un fleuve y dort sans bruit, replié dans son cours

» Comme dans un buisson la couleuvre aux cent tours.

» Des ombres de palais, de dômes et d'aiguilles,

» De tours et de donjons, de clochers, de bastilles,

» De châteaux-forts, de kiosks et d'aigus minarets ;

» Des formes de remparts, de jardins, de forêts,

» De spirales, d'arceaux, de parcs, de colonnades,

» D'obélisques, de ponts, de portes et d'arcades.

» Tout fourmille et grandit, se cramponne en montant,

» Se courbe, se replie, ou se creuse, ou s'étend.

» — Dans un brouillard de feu je crois voir ce grand rêve.

» La tour où nous voilà dans le cercle s'élève.

» En le traçant jadis, c'est ici, n'est-ce pas,

» Que Dieu même a posé le centre du compas?

» Le vertige m'enivre, et sur mes yeux il pèse.

» Vois-je une Roue ardente, ou bien une Fournaise?»

*

—Oui, c'est bien une Roue; et c'est la main de Dieu

Qui tient et fait mouvoir son invisible essieu.

Vers le but inconnu sans cesse elle s'avance.

On la nomme Paris, le pivot de la France.

Quand la vivante Roue hésite dans ses tours,

Tout hésite et s'étonne, et recule en son cours.

Les rayons effrayés disent au cercle : Arrête.

Il le dit à son tour aux cercles dont la crête

S'enchâsse dans la sienne et tourne sous sa loi.

L'un le redit à l'autre; et l'impassible roi,

Paris l'axe immortel, Paris l'axe du monde,

Puise ses mouvemens dans sa vigueur profonde,

Les communique à tous, les imprime à chacun,

Les impose de force, et n'en reçoit aucun.

Il se meut : tout s'ébranle, et tournoie, et circule;

Le cœur du ressort bat, et pousse la bascule;

L'aiguille tremble et court à grands pas, le levier

Monte et baisse, en sa ligne, et n'ose dévier.

Tous marchent leur chemin, et chacun d'eux écoute

Le pas régulateur qui leur creuse la route.

Il leur faut écouter et suivre; il le faut bien :

Car, lorsqu'il arriva, dans un temps plus ancien,

Qu'un rouage isola son mouvement diurne,

Dans le bruit du travail demeura taciturne,

Et brisa, par orgueil, sa chaîne et son ressort,

Comme un bras que l'on coupe, il fut frappé de mort.

Car Paris l'éternel de leurs efforts se joue,

Et le moyeu divin tournerait sans la Roue;

Quand même tout voudrait revenir sur ses pas,

Seul il irait, lui seul ne s'arrêterait pas,

Et tu verrais la force et l'union ravie

Aux rayons qui partaient de son centre de vie.

— C'est donc bien, Voyageur, une Roue en effet.

Le vertige parfois est prophétique. — Il fait

Qu'une Fournaise ardente éblouit ta paupière?

C'est la Fournaise aussi que tu vois. — Sa lumière

Teint de rouge les bords du ciel noir et profond ;

C'est un feu sous un dôme obscur, large et sans fond.

Là, dans les nuits d'hiver et d'été, quand les heures

Font du bruit en sonnant sur le toit des demeures,

Parce que l'homme y dort ; là veillent des esprits

Grands ouvriers d'une œuvre et sans nom et sans prix.

La nuit leur lampe brûle, et le jour elle fume,

Le jour elle a fumé, le soir elle s'allume,

Et toujours et sans cesse alimente les feux

De la Fournaise d'or que nous voyons tous deux,

Et qui, se reflétant, sur la sainte coupole

Est du globe endormi la céleste auréole.

Chacun d'eux courbe un front pâle, il prie ; il écrit,

Il désespère, il pleure ; il espère, il sourit ;

Il arrache son sein et ses cheveux, s'enfonce

Dans l'énigme sans fin dont Dieu sait la réponse,

Et dont l'humanité, demandant son décret,

Tous les mille ans rejette et cherche le secret.

Chacun d'eux pousse un cri d'amour vers une idée.

L'un soutient en pleurant la croix dépossédée,

S'assied près du sépulcre, et seul, comme un banni,

Il se frappe, en disant : *Lamma Sabacthani;*

Dans son sang, dans ses pleurs, il baigne, il noie, il plong

La couronne d'épine et la lance et l'éponge,

Baise le corps du Christ, le soulève, et lui dit :

« Reparais, roi des Juifs, ainsi qu'il est prédit;

Viens, ressuscite encore aux yeux du seul apôtre.

L'Eglise meurt : renais dans sa cendre et la nôtre,

Règne, et sur les débris des schismes expiés

Renverse tes gardiens des lueurs de tes pieds.

— Rien. Le corps du Dieu ploie aux mains du dernier homm

Prêtre pauvre et puissant pour Rome et malgré Rome.

Le cadavre adoré de ses clous immortels

Ne laisse plus tomber de sang pour ses autels;

Rien. — Il n'ouvrira pas son oreille endormie

Aux lamentations du nouveau Jérémie,

Et le laissera seul, mais d'une habile main,

Retremper la tiare en l'alliage humain.

— Liberté! crie un autre, et soudain la tristesse

Comme un taureau le tue aux pieds de sa déesse,

Parce qu'ayant en vain quarante ans combattu,

Il ne peut rien construire où tout est abattu.

N'importe! Autour de lui des travailleurs sans nombre,

Aveugles inquiets, cherchent à travers l'ombre

Je ne sais quel chemin qu'ils ne connaissent pas,

Réglant et mesurant, sans règle et sans compas,

L'un sur l'autre semant des arbres sans racines,

Et mettant au hasard l'ordre dans les ruines.

Et comme il est écrit que chacun porte en soi

Le mal qui le tuera, regarde en bas, et voi.

Derrière eux s'est groupée une famille forte

Qui les ronge et du pied pile leur œuvre morte,

Écrase les débris qu'a faits la Liberté,

Y roule le niveau qu'on nomme Égalité,

Et veut les mettre en cendre, afin que, pour sa tête,

L'homme n'ait d'autre abri que celui qu'elle apprête :

Et c'est un temple. Un temple immense, universel,

Où l'homme n'offrira ni l'encens, ni le sel,

Ni le sang, ni le pain, ni le vin, ni l'hostie,

Mais son temps et sa vie en œuvre convertie,

Mais son amour de tous, son abnégation

De lui, de l'héritage et de la nation ;

Seul, sans père et sans fils ; soumis à la parole,

L'union est son but et le travail son rôle,

Et selon celui-là, qui parle après Jésus,

Tous seront appelés et tous seront élus.

— Ainsi tout est osé! Tu vois? Pas de statue,

D'homme, de roi, de dieu qui ne soit abattue,

Mutilée à la pierre et rayée au couteau,

Démembrée à la hache et broyée au marteau!

Or ou plomb, tout métal est plongé dans la braise

Et jeté pour refondre en l'ardente fournaise.

Tout brûle, craque, fume et coule; tout cela

Se tord, s'unit, se fend, tombe là, sort de là;

Cela siffle et murmure ou gémit; cela crie,

Cela chante, cela sonne, se parle et prie;

Cela reluit, cela flambe et glisse dans l'air,

Éclate en pluie ardente ou serpente en éclair.

OEuvre, ouvriers, tout brûle! au feu tout se féconde!

Salamandres partout! — Enfer! Eden du monde!

Paris! principe et fin! Paris! ombre et flambeau!

Je ne sais si c'est mal, tout cela; mais c'est beau!

Mais c'est grand! mais on sent jusqu'au fond de son âme

Qu'un monde tout nouveau se forge à cette flamme,

Ou soleil, ou comète, on sent bien qu'il sera,

Qu'il brûle ou qu'il éclaire, on sent qu'il tournera,

Qu'il surgira brillant à travers la fumée,

Qu'il vêtira pour tous quelque forme animée;

Symbolique, imprévue et pure, on ne sait quoi

Qui sera pour chacun le signe d'une foi,

Couvrira, devant Dieu, la terre comme un voile,

Ou de son avenir sera comme l'étoile,

Et, dans des flots d'amour et d'union, enfin

Guidera la famille humaine vers sa fin;

Mais que peut-être aussi brûlant, pareil au glaive

Dont le feu dessécha les pleurs dans les yeux d'Ève,

Il ira labourant le globe comme un champ,

Et semant la douleur du levant au couchant ;

Rasant l'œuvre de l'homme et des temps, comme l'herbe

Dont un vaste incendie emporte chaque gerbe,

En laissant le Désert qui suit son large cours,

Comme un géant vainqueur, s'étendre pour toujours.

Peut-être que, partout où se verra sa flamme,

Dans tout corps s'éteindra le cœur, dans tout cœur l'âme,

Que rois et nations, se jetant à genoux,

Aux rochers ébranlés crîront : « Écrasez-nous ;

» Car voilà que Paris encore nous envoie

» Une perdition qui brise notre voie ! »

— Que fais-tu donc, Paris, dans ton ardent foyer ?

Que jetteras-tu donc dans ton moule d'acier ?

Ton ouvrage est sans forme, et se pétrit encore

Sous la main ouvrière et le marteau sonore ;

2*

PARIS.

Il s'étend, se resserre, et s'engloutit souvent

Dans le jeu des ressorts et du travail savant,

Et voilà que déjà l'impatient esclave

Se meut dans la Fournaise et, sous les flots de lave,

Il nous montre une tête énorme, et des regards

Portant l'ombre et le jour dans leurs rayons hagards.

*

— Je cessai de parler, car, dans le grand silence,

Le sourd mugissement du centre de la France

Monta jusqu'à la tour où nous étions placés,

Apporté par le vent des nuages glacés.

— Comme l'illusion de la raison se joue!

Je crus sentir mes pieds tourner avec la roue,

Et le feu du brasier qui montait vers les cieux,

M'éblouit tellement que je fermai les yeux.

« — Ah! dit le voyageur, la hauteur où nous sommes

» De corps et d'âme, est trop pour la force des hommes.

» La tête a ses faux pas comme le pied les siens;

» Vous m'avez soutenu, c'est moi qui vous soutiens,

» Et je chancelle encòr, n'osant plus sur la terre

» Contempler votre ville et son double mystère.

» Mais je crains bien pour elle et pour vous: car voilà

» Quelque chose de noir, de lourd, de vaste, là

» Au plus haut point du ciel où ne sauraient atteindre

» Les feux dont l'horizon ne cesse de se teindre;

» Et je crois entrevoir ce rocher ténébreux

» Qu'annoncèrent jadis les prophètes Hébreux.

» *Lorsqu'une meule énorme,* ont-ils dit...—Il me semblé

» La voir.— ...*apparaîtra sur la cité...* — Je tremble

» Que ce ne soit Paris. — ...*dont les enfans auront*

» *Effacé Jésus-Christ du cœur comme du front,...* —

» Vous l'avez fait. — ... *alors que la ville, enivrée*

» *D'elle-même, aux plaisirs du sang sera livrée,...* —

» Qu'en pensez-vous? — ...*alors l'Ange la rayera*

» *Du monde, et le rocher du ciel l'écrasera.* »

*

Je souris tristement : — Il se peut bien, lui dis-je,

Que cela nous arrive avec ou sans prodige;

Le ciel est noir sur nous : mais il faudrait alors

Qu'ailleurs, pour l'avenir, il fût d'autres trésors,

Et je n'en connais pas. Si la force divine

Est en ceux dont l'esprit sent, prévoit et devine,

Elle est ici. — Le ciel la révère. — Et sur nous

L'ange exterminateur frapperait à genoux,

Et sa main, à la fois flamboyante et timide,

Tremblerait de commettre un second déicide.

Mais abaissons nos yeux, et n'allons pas chercher

Si ce que nous voyons est nuage ou rocher ;

Descendons, et quittons cette imposante cime,

D'où l'esprit voit un rêve et le corps un abîme.

— Je ne sais d'assurés, dans le chaos du sort,

Que deux points seulement, la souffrance et la mort.

Tous les hommes y vont avec toutes les villes.

Mais les cendres, je crois, ne sont jamais stériles.

Si celles de Paris un jour sur ton chemin

Se trouvent, pèse-les, et prends-nous dans ta main,

Et, voyant à la place une rase campagne,

Dis : Le volcan a fait éclater sa montagne !

Pense au triple labeur que je t'ai révélé,

Et songe qu'au dessus de ceux dont j'ai parlé

Il en fut de meilleurs et de plus purs encore,

Rares parmi tous ceux dont leur temps se décore,

Que la foule admirait et blâmait à moitié,

Des hommes pleins d'amour, de doute et de pitié,

Qui disaient : *Je ne sais*, des choses de la vie,

Dont le pouvoir ou l'or ne fut jamais l'envie,

Et qui, par dévoûment, sans détourner les yeux,

Burent jusqu'à la lie un calice odieux.

— Ensuite, Voyageur, tu quitteras l'enceinte

Tu jetteras au vent cette poussière éteinte,

Puis, levant seul ta voix dans le désert, sans bruit,

Tu criras: *Pour long-temps le monde est dans la nuit!*

Écrit le 16 janvier 183.. à Paris.

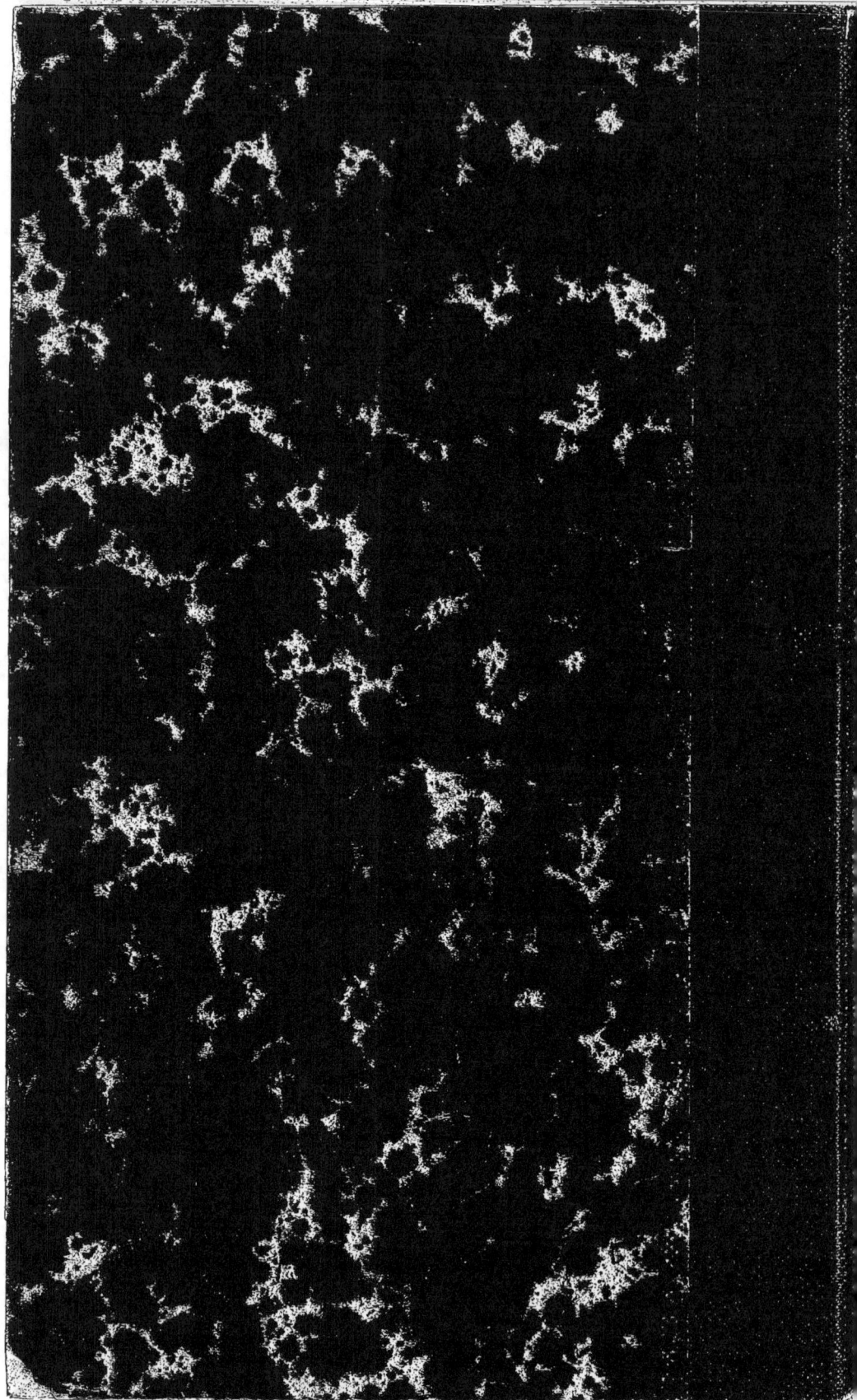